禪心有翼

钟禅 著

漓江出版社
·桂林·

图书在版编目（CIP）数据

禅心有翼 / 钟禅著 . -- 桂林 ：漓江出版社，2024.
10. -- ISBN 978-7-5801-0035-1
Ⅰ. I227
中国国家版本馆 CIP 数据核字第 2024SR5998 号

禅心有翼

钟　　禅　著

出 版 人　刘迪才
出版统筹　文龙玉
策划编辑　周冬辉
特约策划　周晓静
责任编辑　陈丽君
助理编辑　周冬辉
装帧设计　墨君笙传媒
责任监印　黄菲菲

出版发行　漓江出版社有限公司
社　　址　广西桂林市南环路 22 号
邮　　编　541002
发行电话　010-85891290　0773-2582200
邮购热线　0773-2582200
网　　址　www.lijiangbooks.com
微信公众号　lijiangpress

印　　制　廊坊市印艺阁数字科技有限公司
开　　本　880 mm × 1230 mm　1/32
印　　张　7.75
字　　数　120 千字
版　　次　2024 年 10 月第 1 版
印　　次　2024 年 10 月第 1 次印刷
书　　号　ISBN 978-7-5801-0035-1
定　　价　79.00 元

钟禅，原名钟伟雄，曾用笔名钟炜雄，1975年生，广东省惠州市博罗县人，中国诗歌学会会员、中国硬笔书法协会会员。著有诗集《春之翼》《从拂晓到黄昏》。

目录

CONTENTS

辑一·开启心灵的殿堂

辑二·从拂晓到黄昏

辑三·青春的花期

辑四·人生的思与悟

辑一·开启心灵的殿堂

秋　思

红叶在晚霞中飘落
像噙在红眼睛里的泪水闪烁
你说
这就是秋天的模样

我说
晃在枝头的红柿子
那悬挂在思想中的火灯笼
才是秋天的真面孔

悲怆之音

我身躯内的琴已破损
已不能期冀可以轻抚它
如春天般灵魂的手指

尘世间飘荡着的幸福的音符
那是在我的现实中
一晃而过的梦影

怆然的旋律
覆没在浪花的喧嚣里

花与瓶

花，春之芳
瓶，花之装

生命芳华——思想之花
世间名利——瓶

花无瓶仍芳
瓶无花空装

人生有两条路

人生有两条路
一条现实之路
一条理想之路

现实之路荆棘铺地
理想之路朝霞满天

铺满荆棘的路
走着走着
途中渐渐有了风景

满天朝霞的路
走着走着
历经了风雨雷电

一生到头
现实之路和理想之路
像远远望去的两条铁轨
相交在了虚无之处

迟来的春天

这是一朵行走的蓓蕾
她说着笑着
露珠漾出心间
朝阳升起来了
因为她来到了近前

清香来自何方
在徜徉过花苞的风中
蕊在苞里紧紧裹着哩
芳香怎么溢进了曦光

蜂迷迷糊糊地旋舞
头一遭无措于要采的蜜甜
啊，这蜂飞进了迟来的春天
这春天里蕴藏着不属于它的爱的源泉

陀　螺

想停下来
“啪”的一声
一鞭抽下
又得旋转

他有时挺胸
他有时弯腰
他有时急
他有时缓

他有时健步如飞
他有时踉跄似醉
他东南西北都转遍
众生百态都成过眼云烟

他旋转的声音
有时像在欢歌
有时像在悲泣

鞭子抽出来的乐曲
谁能体会当中的滋味

他渴望有风的翅膀
这样不用无休无止地旋转
他渴望有安适的巢
这样不用转遍千山万水

他想闭上眼入梦
无奈又一鞭子抽来
旋转的日子仍要继续
他不知什么时候可以停歇
头上悬着随时抽下来的鞭子
仿佛无休止的旋转就是他的命运

你赋予我开花的心

你赋予我开花的心
却不让我步入生活的春天
你让我聆听了最美妙的旋律
却不让我触抚人间的琴弦

你赐予我明亮的眼睛
却把希望藏匿在最渺茫的地方
你让我的思想高挂硕果
却不让采摘的秋天到来

为何我对未来仍充满期待
因为你一次次的馈赠里没有绝望
为何我还要追逐缓缓下坠的落日
因为日落后的地平线那端是黎明

一棵树的控诉

我只是向着天空奔跑
想要摘下那颗闪熠的星星
我没有挡住谁的去路
突兀的刀斧却还是无情地将我砍倒

风说，我占用了过多的空间
我不该蓬勃在别人眺望的视野里
然而，我的倒下并没有使天空更加辽阔
我遭受砍伐
大概只是因为我奔跑出了繁花和绿叶

虽然美丽
却不是世人眼里追寻的风景
或许我的倒下并非惩罚
而天上那颗星星才是讨伐的原罪

芳华乍生的一瞬

你漫不经心地瞟了我一眼
如常经过我眼前寂寥的空间
只在这芳华乍生的一瞬
我被你美妙无声的闪电击中

月虽悬在很远的天空那端
但月光已洒落在我忧伤的心头
你无雨无露，仅凭一阵掠过的风
就吹醒了一颗糊涂酣睡半生的心

不灭的希望

此刻，我身心俱疲
被尘世的烟雾弥漫
美丽灵魂的河山
已失去独特的娇影

懒惰、倦怠
充斥着生命的每个角落
奋发、蓬勃的红日
被偃息的海洋藏紧

那沉沉的混浊里
应有我的金龙在酣睡
当命运的火镰击来
它就会舞爪喷火，跃起

虽然我的日月无踪
寒潮淹没了火焰
但我那一只凤凰
必定会涅槃重生

今与昔

曾经，我的欲望之树长成天上的云
它遮挡了一些人的阳光
爱我的人在阴影下叹息
而我的鸟儿却在云端上欢歌

多年以后，风吹散了那云
我才见到阳光下的笑容
云烟尽处，不见羽踪
远方峰峦，仍举夕阳

我心中怀着你

我心中怀着你
像怀着宇宙中最美丽的梦幻
走在大地上
我以为自己会像春天一样受到欢迎

却发现自己吐芳在阳光照不到的地方
极目四望
世上的路千万条
却没有一条往我这通来

有时我有种错觉
以为自己是个独立的光彩无限的星球
世间没有能通往我的轨道
经冬之后，苏醒之时
我才明白自己是游离在风中的尘埃
我存在于渺小，但孤独于伟大

我不知爱是什么

我不知爱是什么
就像我走在春天的道路上
闻着迷魂的芳香
却不知是什么花在开放

我不知爱是什么
我的思潮涌向你的时候
那轻拍低吟的波浪
竟发出了世间最美妙的乐曲

我不知这乐曲的名称
就像我不知爱是什么一样
我不知爱是什么
只知道
爱能让我发出最甜蜜的微笑

我不知爱是什么
但爱仿佛是我生命的磁铁

吸引着我往这个方向奔走
爱又好似我生命的引力
没有了爱
我便如同已经死亡

痴情的爱

风掀去云朵的衣裳
就看见了星辰
清泉流过石溪
污石现出了美丽
你的倩影掠过我夜晚的寒冬
我枯了的心
便绽放出了花的春容

你不知道
你的一缕晨曦
可以驱赶我一生的幽暗
对你无限的痴情
维系着我脉博的跳动
你如同空气
滋养着我的生命

那滴答滴答的生的曼曲
只顺着你的方向抚响
我无休无止地一路随你欢歌
只为让你驻足倾听哪怕一瞬

望月有思

大地是杯
海水是杯中酒
谁在孤虚中邀饮
溅出了满天愁云

月亮是一扇明窗
谁在天那端
躲在闺房里
不让繁星见到羞容

我手心尚存玫瑰的余香

是的，我手心尚存玫瑰的余香
送走的玫瑰或许被插入瓶中
或许
被弃于足下

玫瑰不再
但芳香确实留存在我手中
或许余香不是来自送走的玫瑰
而是来自我的心底

献花时
我心中孕出了蓓蕾
这蓓蕾使我的整个生命
溢满了芬芳

小时候怕黑

小时候怕黑
因为
黑了看不见世界

长大了怕光
因为
光中无处把我安放

小时候想把黑暗里的世界打开
长大了想将真自己隐藏

浮叶上的蚂蚁

水面浮着一片叶子
叶片上忙碌着一只蚂蚁
这只蚂蚁，来来回回
走遍了叶片上的每一条道路

踩到了每一个方向的边缘
但是
它看到的
只有茫茫无尽的水波

我多么酷似这只蚂蚁
漂荡在茫茫的尘世
无论我多么忙碌地奔走
也走不出一片叶子的囚禁

明月还在

明月还在
因为悬在遥不可及的空中
花朵被采
因为开在触手能摘的地方

月明千古
而花香将失
花朵即使被采到书本里
书本里的文字
也留不住花朵的芬芳

我只渴望你爱我一次

我走过所有的花丛
踏青的脚步不曾停留
只有你藏匿起的那朵心花
使我痴痴地着迷

我的贪婪的小欲虫
满足于那朵心花包着的
一点蜜甜
我也不奢望揽下一轮明月
只需你深情的眼神凝视我的瞬间
投下一束令我战栗的月光
便足矣

我的渴望小草般渺小
也许只需要你的一滴露、一缕春风、一线曦光

现实中我也给不了你一片草原
没有辽阔的爱供你策马扬鞭

所以，我也不敢奢望你爱我地久天长
我只渴望你爱我一次
便心愿足矣

心灵的欢歌

我以为前面伸展着的是一条道路
奔跑时才发现是一条河流
我沉溺在水中
却因此掌握了浮沉
我向前畅游
明白了厄难也可以是一条渡人的河流

我抽出繁茂的生命枝条
用婆娑的绿叶撑开一片天空
秋天时
我才发觉自己的树少了花果
空自繁荣
不见收获

然而
我在黯然神伤时又听见了歌声
我绿意盎然的枝叶间

闪烁着比果实更莹亮的光芒
一个个鸟巢晃出一窝窝雏鸟的鸣叫
谁说生命之树一定要挂满花果
丰收的鼎盛是那心灵的欢歌

雨　思

清晨，下起了雨
那雨滴，把星光溅到了地上

蒙蒙的远方
像是梦披上了衣裳

我拥着躯壳踏入雨中
和春风奏起了乐章

在寻梦的路上
我幻化成交响曲的一个音符

我的旋律美妙独特
像一朵五彩的浪花在众生洪流中翻腾

回　家

黄昏的阳光很温柔
倦鸟成群，御风归巢
我看每个人都很可亲
每样物都奏着和蔼的乐章

许多人在园区散着步
像在排列吐馨的诗行
我思想中生出芬芳的文字
如同花蕾舒开含香的瓣儿

为何世间突然变得如此美妙
皆因家人正期盼着我的归来
芬芳想必来自家中的灯光
家人甜蜜的微笑，胜过万卷诗书

边　缘

树，到一定高度就停止了生长
锋利的叶片，似乎被什么挡住
再不能向高空刺上一寸
鱼试图跃出水面
但仿佛有股力量
又把它拽回水中

鸟的翅膀奋力扑棱
但是
大多无法飞抵万米以上的高空
我明明看见了要去的地方
那梦想，那生命的盛宴
但是
我就是穿不到那一端

脚步无声地停止
在看不见边缘的界限

看吧，世间万物

仿佛都被一块块透明的玻璃

分隔着

圈在各自的空间

某一次洗礼

宝贝，你的声音怎么如此清澈
是你心灵的涌泉正在流淌吗
宝贝，你的眼神为何一尘不染
是你的眼底装着整个蓝天吗

我混浊了半生
遇见你
心罅才开始渗出清流
我有时莫名痴痴地笑

这笑中的含义
如同一束万丈金光
刺穿生命的云层
经这金光洗礼之后
我的心才神圣起来

宝贝，你降临之际
便是我开始神圣之时

春雨瓢泼落地时

春雨瓢泼落地时
花草没有用杯盏盛住
这生命的甘霖
落在了沙漠中
落在了岩石上
这是一种遗憾

花要渴得枯萎了
却侧过头任雨滴顺嘴角流下
这也是一种悲哀
大地用沙漠和岩石
拒绝了甘霖的爱吻

离与合

你我像两颗星
闪烁在银河两侧
我们旦夕可见
却不能相交
我们光芒相缠
互诉别离
或许这是天意
若我们脱轨相合
就会毁灭

我们又像两条平行伸展的山脉
同在一方天地
却不能搂抱
我们中间有山溪琤瑽
蝶飞鸟鸣
如果执意相拥
将泉止音绝
美景不再

人间多爱而不得的遗憾
岂知爱若易得
又怎成人所共愿
悲剧之美
岂非多成于舍弃
最圣洁的花朵
多开在手指难以够着的处所

去和留

我听见，空气中有无数嘈杂声
每个曾经活过的人
都在里面留下了呼吸
和人间的喜怒哀乐

空气好像是虚无的
活着的人才知道它的存在
逝去的人好像也是虚无的
空气却留有他们活着时的芬芳

时　钟

许多人夜以继日地忙碌
活得似秒针
不停歇地踏步
他们拼命赶完六十步的路程
被恰似分针的小部分人一步完成

而被眷顾的极少数人
一盏茶工夫品出来的成就
分针们得拼六十回才能搏够
分分秒秒，垒成时辰
时辰分隔日夜
不知为了谁人

谁点滴分配时光
使世间有节有序运行
极小部分人的瞬间
恰似大部分人的永恒
某些人抖落的尘埃
是普罗大众的星辰

每个人活着的轨迹
都像个圆形
兜兜转转
来去仿佛同一段旅程
钟里面的三根针
受了咒般轮转个不停
像人在时间的汪洋里无主地游行

雨中的欢乐

那一瓢泼下来的阵雨
是春美人的项链断了线
一颗颗亮晶晶的珠粒跌落池面
溅起玉盘的光波
那又嫩又脆的声音
把游在水里睡觉的一尾尾金鱼都搅醒了
看，一窝窝金鱼闻声寻来戏珠哩

小儿们跑到草坪上
似逐春的一群小精灵
他们天真烂漫的欢笑声
像抛在空中的稻粒
让空中跃飞的一只只雀鸟
唧唧啁啾争相啄食

遗　漏

我步履匆匆
目视前方
摔倒了
才发现路旁开着美丽的花
奔跑时
谁会留意脚下的宝藏

人来人往，都忙
茶台空置
无人落座
饥渴在前方
眼下谁品茶香

你忙，他忙，我亦忙
都在寻找繁华梦
却不知已虚掷一路的芬芳

天空之城

天空之城在哪里
到底在哪里
满天闪烁的星光
是不是每一家的窗口
灯火在阑珊
天空之城在哪里
我眨眨眼抬头望
楼阁缥缈无影踪

天空之城在哪里
到底在哪里
群鸟列阵飞高远
是不是天外琼楼玉宇
亦有安巢檐
天空之城在哪里
飞鸟瞬间入云霄
啼声渐消杳无踪

天空之城在哪里
到底在哪里
雨后投下七色虹
分明垂卷落下天上锦
谁人织梦影
天空之城在哪里
莫非彩虹是天桥
欲渡近前却无影

天空之城在哪里
到底在哪里
穹宇无尘明月耀
是不是要等到圆月残
残月作渡船
天空之城在哪里
月船弯弯漂泊见
渡口不在天地间

我不是叹芳华将逝

我的甜蜜还在
我的芬芳还在
我仰望这巢里的星光
不知你是否也在光来处把我端详

你看我
吐出美丽的丝把自己茧藏
以为有一天会长出翅膀
飞出另一个新我
到如今
灵魂还没发芽
生命却开始枯萎

我不是叹芳华将逝
我是叹此生我们或许永不相逢

你是我孤独里的芬芳

云渐散去
云里露出了金光
卷起的风
吻得愁云也开出了密藏的花朵

心上笼着生活的阴霾
念着你
我苟活于世
亦品出了孤独的芬芳

那只美丽的蝴蝶

那只美丽的蝴蝶
早已夹在了书本里
春光早已流逝
与这只蝴蝶的翅翼一起扇动的芬芳
也早已不再弥漫

蝴蝶的生命已经终结
虽然它仍色彩鲜艳
那只蝴蝶消失了
然而天空仍在
世界依然斑斓

也许
在我的视线之外
在沉寂的思想的春茧里
正酣睡着另一只蝴蝶

这只蝴蝶
正孕育着诞生的力量
期盼着洗礼它的曦光降临

脱身时分

这跋涉的一生
把我囚在了鞋子里
在这夜幕降临时
我该脱身囚所了

合上蒙尘的双眼
把纷扰的世界
关闭在灵魂的门窗之外
一生所为何求

梦孕在路途中
醒在温床里
心魂安宁之日
是赤足之时

触不可及的星辰

蓬勃绿树间，枯枝败叶逐渐显露
百鸟没有飞来，而空巢却多

我以为挺直了的腰身
不知何故已逐渐扭曲

生命树上哪有果实垂挂
点缀在枝叶间的
都是触不可及的星辰

希望的来处

石头有了水的滋润
长出了绿苔
像是长出了飞舞的翅翼

风潜水
追逐飞鱼
于是有了浪花闪烁

你推开了我的门
点燃我的心灯
用那思想的火焰
于是我有了温暖的微笑

壳里面
总要有胚芽
生命才会萌发

阳光总会赶来
撵走黑夜
不然，怎有明天

我只是一片脱掉的羽毛

我奋力向前
追随着流逝的云朵

风停了
我才知晓
自己没有飞翔的力量

风停了
我从高空向下跌落
原来，我只是一片脱掉的羽毛

唉
我的鸟儿早已飞远
消失在空中

我跌落
经过果实
以及花朵和巢

孤　独

孤独
在熙攘来去的人流中
因为没有匆忙的脚步为谁停留
名利的鼓声在召唤
没有谁会去倾听你心碎的声音

看吧
阳光总往高处投
而把低凹的幽谷忽略

看吧
流水总往洼地淌
没有沟渠通向旱裂的高土

所有的目光都聚焦于果实
没有一声赞美是献给落叶

虚怀能容

晶莹的露珠
成形于包容
微笑芬芳出心灵的阳光
驱散阴霾

你心中的幅员愈辽阔
愈能展示你灵魂的翅翼

人间所能见到的你的星辰
都在你所怀的无限里

寻找自己

我走在人生路上
有时受人欢迎
有时遭人冷落
有人给我拥抱

有人漠然走过
人人都坚信遇到的就是我
可是
我却还在路上把自己寻找

我拍出翅翼一样飞翔的绿叶
为何花果过了季节仍迟迟不见
我燃出熊熊的烈焰
却为何在世人脸上看不见温暖

我到底在哪里
我睁开眼睛四处寻找
我只见到人世的荒芜
天地间哪有我的踪影

当我闭上眼睛
一团漆黑
这漫漫无边的黑暗里
一个人在踽踽独行

啊
这个就是真我
真我在闪光
虽然不能清洗裹身的黑暗
我闭上眼
才能看见真我
那独一无二的光源

光阴一去不回头

我走一走，又停一停
坐一坐，又躺一躺
这样循环丈量着生活的宽长
一天天过去了
一年年过去了
这四方的世界
成了我颠簸的囚房

我的鸟儿飞遍了四面八方
却无处安放羽毛
它想归家
却又找不到初生的巢

那一棵树或许早已枯干
巢也湮没在了风里
它想筑个新巢，然而
东看看，西找找
南望望，北瞧瞧
却找不到一个可供筑巢的枝丫

人生是一出无名戏

为了潜入人世的碧波
我让自己的光滑处生出了银鳞
为了在蔚蓝里欢歌
我让自己长出了羽毛

不知是我的脚还是鞋
踏向无涯的远方
我变换千百面容
只为了三百六十度融入人生化装舞会的无常

我看不见自己的真面容
不知在戏里我是主角还是配角
又或者只是跑龙套
荒诞的是
快到生命的尽头
我尚不知戏的主题和内容

每一个人

每一个人
都非独自前行

每人的深处
都藏着另一个“我”

那个“我”
没有人间的面容
却有改变人生轨迹的力量

人民英雄献歌

我从不高看耸立的大厦
但我仰望巍然屹立的人民英雄纪念碑
因为纪念碑下沉默无声的大地
长眠着为人民献出生命的英魂

碑石上泛着英雄坚毅不屈的目光
松潮的泥土中仿佛仍存有英雄的血泪
这怎不令人悲恸万分
今天人民的幸福，源于英雄的献身

你可以嬉戏喧闹
在你开遍鲜花的生活道路上
但请你虔诚地默哀、敬礼
当你从人民英雄纪念碑前走过

你可以游戏人间
但请不要诋毁英雄的荣誉

人类文明史篇章里
最光辉的那页记录着英雄的事迹

滚滚红尘中并不缺少光照山河的日月
灾难降临时总有英雄不断涌现
世间碌碌的人物都将被时间洪流卷走
唯独人民的英雄永垂不朽

魅力的由来

一声鸟啼
能让死寂的森林
复活

一条游鱼
可使一潭死水
漾起金波

何须过度装扮自己
一个微笑
便能让你明媚如春

诗的一种说法

我知道心怎么歌唱
针在心碟上刺着
歌声便流了出来

什么是诗
我说
灵魂的扮装
乃诗

流星第一次从你眼前闪过

流星第一次从你眼前闪过
你欣喜万分：啊，流星
你的愿望还没许下
流星便已坠落
你已不记得许的什么愿
只记得那匆匆飞逝的光芒

你也不记得吃过的最美味的果实是什么
你甚至已忘记了那是什么滋味
你只依稀记得
确实曾经让你回味无穷

你最爱的人
她的面容是否还在你脑海中浮现
唉，慢慢地
浮现的这张脸
便如同路人一样陌生

宝剑会锈
烈火会熄
最美好的
瞬间湮灭
酝酿的芬芳不及溢出
时光的花瓣已经合上

梦想的翅膀
总是追不上被夜晚撵着走的那缕晨曦
多么遗憾
多么无奈
我们都想留住生命中那永恒的光辉
却连一朝一夕一刹一瞬的美好
都从愿望的空篮子漏落
无法挽留

空手才能握有整个世界

心灵的灰烬
源自欲望的火焰
齿无用于口满
才竭于虑多
多水莫过于大海
而人在海上
却能渴死

眼睛拥有了色彩
耳朵拥有了声音
手拿果实的人
也只是得到了果实
人只有在双手空无的时候
才能拥有整个世界

人有时升华于匍匐

你的手是一把锁
当你握住我的手时
也就锁定了我的友谊

她的眼神是一条绳索
当她看了我一眼时
便已套住了我的爱情

友谊和爱情
让我甘愿付出
我不知道心灵能高贵到什么程度
我只知道人有时升华于匍匐

界　碑

坟墓是过去和现在的界碑
界碑的这边有玫瑰和鸟啼
界碑的那端是骨和泥

书本也是一种界碑
界碑的一边是文明
一边是愚昧

细想来
人又何尝不是界碑
界碑的一边是思索的灵魂
另一边是抽掉灵魂的行尸

人性的几个脸谱

羞耻是一个爱哭泣的胆怯的小女孩
一位名叫自尊的大侠是她的护卫

自私乃卑鄙的神偷
能偷去锁得极其隐秘的良知

妒忌和怨怒是一对结伴而行的疯子
他们从来没有清醒的时刻

几个视角

站在光明的世界里
看不见黑暗中存在的一切

置身在黑暗中
一眼就能看透光明的世界

站在高处往下看
会看见底下的事物很渺小

而立身低处往上看
也会看到很高远的地方，那是虚无

相忘是花与果的别离

朋友，我与你的相忘
是花朵与果实的别离

无论我们曾经多么亲密
也已被时光的烟云疏离

这正是你收获硕果的时日
却早已不是我芬芳的季节

我提起笔

我提起笔
想去驾驭语言
但很遗憾
我最后成了被文字驱逐的小丑

我只是被内心的王放逐到人世的乞丐
却自以为修行时端坐着的是王座

我一声号令
思想的神兵列阵浩荡前进
但是，鼓声擂响，火雨滚石
不能把那紧闭的城门攻破

盾封锁了所有的通道
但矛还是要去寻找绝密的小径

请给我留下诗歌

把大地、河流、森林、草原
把谷麦果蔬、花鸟鱼兽
把空气、皇冠、爱情及所见
把你所需的统统都拿去吧

给我留下两块脚印大的土地即可
让我得以安放余生
同时把你甩掉的诗歌施与我吧
让诗歌替换你已拿去的一切

给我！给我以诗！给我！给我以歌
我并非不食人间烟火
我亦不是胸无天地
只是
只是若你比我更需要
你便拿去

唯独要给我留下诗歌

留下诗歌

因为

诗歌里有我的生命

失去了诗歌

我等同失去了自我

一杆秤

理想像只彩篮
空空
挽一边

现实像个秤砣
沉沉
垂一边

无形的手
拎着我这杆秤
试图用我的一生平衡这两边

春秋歌会

花朵，唱着春天的歌
动听的歌声唤醒了蛹
蛹匆忙化身蜂蝶来赶场
春的演唱会持续了好久好久

萎谢的花瓣才落下了帷幕
献上圆满的庆功酒
秋天，又一巨星来登场
他接过花朵的档期，继续欢歌

这是秋天的歌，甜蜜又芬芳
巨星叫果实，歌迷更加多
蜂蝶之外还有众生灵
处处有掌声与欢呼声：欢迎！欢迎

演唱会不知何时才结束
因为没有谁愿意先离场

辑二 · 从拂晓到黄昏

从拂晓到黄昏

它从壳里苏醒了
伸出胚芽小手
拨开土壤开始跋涉

它顺着树根的河流
跨过了树干的平原
它攀越枝丫的崇山峻岭
耕耘在绿叶的田野

它最后安家在花朵的庭院
酣睡于果实的暖窝里
它在圆里面循环
坟墓或胎腹

开始和结束
都在一个地点

我想织出自己的神采

理想的云丝是线
坚强的意志是针
我织，我织，我织
在空白中织上我的纵与横

生命该是非常绚丽多姿的
我想要织出艳阳和明月
潺潺的流水
飘飘的云朵

我坚信
我织出的生命
必流淌着悦耳醉人的乐曲
舞着美丽炫目的色彩

在无声的静寂里
定也有飓风和雷霆

我织，我织，我织

我想要在虚无里

织出我的所有

那生命的神采

沉　埋

太阳被淹没了
我找不到自己的色彩
黑夜覆盖，秋去冬临
我该如何穿透这层夜
散发自己的光芒

火般炽热的思想
可以点燃这寒意茫茫的日夜吗
那胸腔里激荡澎湃的春潮
可以抚醒土壤中冬眠的种子吗

坚定中积蓄力量

那星，那月，那云霞，那雨露
那美丽奇幻的自然万象
那可以把生命涂彩的真理
来吧，来把我填充

渴望舒展绵延的生命
怎么可以如此虚空荒芜
圣洁无邪的心灵
怎么可以总在黑夜里黯然无光

我定然也有着万般风景
与独特的神采
转身间
婀娜出绝世的风华

定　位

在这茫茫天地
必须要有坐标
确定出位置
才能找到自己的方向

每跨出一步
都得衡量
因为，脚印
会成为路标

雾中的灯火

我脚步蹒跚，跌跌撞撞
懵懵懂懂分不清东南西北
不知要奔往哪个方向的明天
而来自心底的声音是那么美妙
我哪能停止在道路上自弹自唱

天无涯，鸟也欢歌
海无际，鱼亦畅游
翅膀不辨东西
亦能飞出憧憬的图画
栉鳞无分南北
却也游出自由的样子

只要脚步仍向前方
没有东南西北又何妨
胸中但藏天地在
立身何处亦中央

只要有笑，有歌
周身都是洒落的音符
只要心中有爱
万象都是款款深情的风景

漫长人生里的怀抱

漫长人生里都在思念一个怀抱
又有谁能忘记给自己生命的人
种子长成了大树根须仍深扎土壤
燕子飞越千山万水最后还想着归巢

无论随时间的河流漂去了多远
都能听到深山泉水那潺潺的轻唤
没有一双脚可以走出大地
没有一对翅膀能够飞离天空

风雨雷电中，惊涛骇浪里
心底怀念的是那最初的安宁
冰天雪地时，孤衾冷月下
最需要的就是那无私胸怀的温暖

一匹嘶鸣的烈马

走在人群中
总是有一匹嘶鸣的烈马
扬蹄奔驰在我的身躯里

我需要有足够的力量和智慧
才能驾驭这匹马
如果我想成为出色的骑手
就必须管住烈马的铁蹄

学会知足

无论把早晨画得多么明媚
都画不出暖人肌肤的阳光
无论把花朵涂得多么美丽
都不能让它挥发出芳香

哪一天梦想终于实现了
也总是会缺少一些什么
生活中无论得到了多少
总会有些遗憾留在心底

我孤傲在理想的高处

我孤傲在理想的高处
却不能在现实的低处泰然
为便于现身人世
我不得不将自己磨圆

因为，我锐利的棱角
会让平坦的道路变得颠簸
为了挂在脸上的笑
我心里把哭包藏

我把脊背弯出来弧度
只是为了让头更高贵地仰起
为了活出一种人的精神
我却不得不失去原形

根里藏着春天

在一个银白的世界里
我把自己涂抹成一个腐朽的木桩
花叶枝干哪里去了
为什么天空中丢失了树的形象

听，是什么在土层骚动
啊，是热的希望，是苏醒的根
我的根还在，我仍活着

那花叶枝干
一树翠绿以及蓬勃的春天
原来都在我的根里贮藏

自我，才有真味

我的枝被截去了
截口处接上了桃枝
——难道，为了创造丰收
为了诞生一种果实
就必须要失去自我吗

若真如此，我鄙视这样的丰收
我鄙视那另类果实
我宁愿永远是棵李树
哪怕我结出的果实酸涩得不再有人品味

花落枝头低

花朵绽放
赢来了赞誉
但是
开出花朵绝不是生长的目的

当落下花朵
低下枝头
躬下腰身
这时，果实成熟了
价值才呈现了出来

荣誉的花朵不能使人沉甸甸
只有结出成熟的果实
才是真正的丰收

人生从不只是一树的繁华

我一次次地抖落枯黄
生长出一片片的嫩绿
我一天天地蜕去昨日的旧皮
闪现出今日新生的光泽

人生从不只是一树的繁华
还有着败叶和朽枝
落去许多花叶才结果
腐化许多果实生新枝

迷　雾

无论朝晨多么明媚
有时也会升起滚滚浓雾
它遮挡住前方
顿住前行的脚步

如果迷失不可避免
心中的朝阳也当照常升起
来自心中的那一线曙光
终将驱散人生的迷雾

唤出心中的慈爱

如果能让世人手牵着手一同舞蹈
我宁愿把自己谱成一支和谐的乐曲
如果能让沉落的心灵自由飞翔
我多么愿意把自己幻化成千万双翅膀

啊，倘若尘世需要
我是多么愿意
把自己敞成和平的天空
只要大地不再升起硝烟

月下有感

一轮孤明月
太白东坡曾仰望
一曲流泉音
伯牙子期亦聆听

今月古长在
世经万般劫
妙曲绕千载
难逢知音人

我胸中涌着一眼泉

我胸中涌着一眼泉
流向东方
时而高亢，时而低吟
一会儿在激荡中混浊
一会儿又在旋涡里清澄

它歌里流淌着纯真
决意朝着东方前行
风不知从何处来
吹乱了我的头发
扯烂了我的衣衫

用沙尘打在我的脸上
而我就在这风中舞蹈
和着缠绵韵律的节拍
任风怎样肆虐抓狂
这一滴水的心灵
也要闪烁晶莹的光泽

迷　途

蜜蜂从四面八方飞涌而来
嗅觉却在蜂来的方向追踪芳香
蝴蝶在翩翩然起舞
耳朵却在倾听遥不知处的乐曲

梦在天涯无觅处
眼睛却说就在近前
一生进取以为拥有了很多
摊开手看却一无所有

本想用脚走出康庄大道
却见自己在生活的悬崖上攀爬
以为承住了生活之重，可以笑看人生
却不知为何，脸上早已挂满了泪水

明明是渴求森林的凤凰
却浑浑噩噩地飞向一片汪洋
明明是向着心中的朝阳出发
到头才发现，到达的却是黄昏

在通往人群的地方

在通往人群的地方
我迷路了
我伸出手
没有触到人的电流

我一直固执地认为
左手是正极
右手是负极
只要人与人两手相握
正负极相连
就能把世界接通
使人世即使到了夜晚
也一样灯火通明
如同白昼

可是，在通往人群的地方
我迷路了
我伸出手
没有触到人的电流

当生活的巉岩压来

当生活的巉岩压来
只有喘息着在它边上攀缘
生命不一定得挺腰吟哦
也可以曲折着讴歌

哪怕枝条一伸就见悬崖
也要倔强出飞翔的姿态
生长的道路总是崎岖险阻
但仍要奔波跌宕出完美的残缺

没有山能挡住脚步

挡住蓝天的
常常是巢的荫护
只有长出翅膀
才能飞向自由

阻住去路的
绝不是前面的大山
因为，从来没有一座山
能够挡住向往自由的脚步

我的欢迎

我把手掌摊开成一片绿地
友好地欢迎世人
从和平的港湾出发，从这里登陆

我把胸膛张开成一片蓝天
期待他方的信鸽陆续翔来
带着福音，带着爱和情谊

我把心暖成一颗艳阳
它的光能普照最阴暗的角落
它的热可融化最古老的冰层

意志是生存的动力

水面结冰了
鱼会告诉你
水下深处还有生命的温暖
寒冷，不能把阳光冰冻

前方被阻住了
流水会告诉你
礁石可以挡住道路
却挡不住前进的决心

关于自由

纸鸢和飞鸟拥有同样的天空
纸鸢的自由在轴线的操控下
飞鸟的自由在翅膀的扑腾中
说鱼自由
为什么鱼也随瀑布落入万丈深渊
说人自由
为什么谈到自由，我们一脸茫然
我们有脚
为何走着走着却要如履薄冰

我朝着每个人微笑

我朝着每个人微笑
想让每个人闻着我笑花溢开的芳香
知道我有甜蜜的心灵
知道这皮囊包裹着的生命
是个恒温而永远开花的春天

我向每个人问好
我的手在人群中有礼地挥动
像是要犁开人世的荒漠
像是要播撒爱的种子

我想跟每个人握手
我想拥抱每个人
我想毫不吝啬地朝红尘挥洒我的爱
如同阳光普照大地

被光环环绕着的人

被光环环绕着的人
是竖立在校场的靶子
会遭无数箭矢的瞄射

当人生之树的果实成熟
就连毒蜂都想来蜇一口
吸吮蕴含当中的蜜甜

良　师

你总在我视线之外
牢牢把我盯住
我正要踩到做人的红线时
会被你即刻叫停
你说
那红线警示良知的重要
你束缚住了我的步伐
却让我得以在尘世弹奏出动人的乐曲
你让我有良心
去倾听人生的曼妙之歌

心灵之灯

我也想有灿烂的人生
可是，云朵吞没了阳光
我只能在阴影之中栖身
黑夜有星，有月，照亮了暗

白日的乌云，有闪电去点燃
而我的心里
有你在提着灯
这灯通过我的眼睛
照出希望之光

你使我活成了阴影中的光源
我没有身披光荣
行人却都看见了我
行人在茫茫人海的晦暗动荡中
发现了一盏坚定地溢出光的明灯

我的心渴望着你来

我的心渴望着你来
像期待着归鸟的空巢
孤寂里我不时企盼
这空自铺陈的白笺
静候你描下美丽图画

在我的晴空中
你是那邈远而又近在咫尺的蓝
你把枯燥无边的生活
装扮得美丽，快乐无忧
你就是下凡的天使

友　爱

我踏上通往朋友家的
开满兰花的芬芳之路
我带着人间美酒
和一颗鼓着琴瑟之音的初心

朋友见我来了
却轻轻掩上房门
我定在房门处
想去敲开门

另一个我却把这个皮囊的我扯住了
我转身离开
这扇门
是伴随我一路的芬芳的尽头

我把自家的门紧闭
因为屋里的夜晚
只适宜我自己的孤独

但我却把檐下的路灯开着
让这灯代我散发友善的光

路人来去
无须知道这段路途沾的是谁人的光
我愿善意的友爱
是使人轻盈的翅膀
而非使人沉重的脚步

我绽放在自己的空间

我把自己围在栅栏里绽放
每一天
都囚在挂历的数字里边

美丽渐渐远离人间
属于我的时光
遗漏于生活的缝隙里

杂草最终会长在我的路的尽头
而芬芳
将来自我的墓志铭

光与暗

晨曦盛在夜的黑瓮里头
朝阳是这黑瓮的盖口

美梦沉睡在现实的深壤
思想是那破土的种子的芽胚

我误入人世的迷谷
你是盘旋在谷口的那只引路的彩蝶

与你相遇之后

我的人生千疮百孔
经你爱抚
像竹笛般扬出了乐曲

心里的遗憾
在与你结伴的路途中
沉淀出黄金般的光泽

逝去的光阴
像树上飘落的枯叶
早已失去了往昔的色彩

唯待你倾醉的黄昏
给它镀上记忆不灭的霞光

一颗种子

我耕犁出思想的沟渠
希望之泉却没有涌来
我以为大地将要荒芜
但我内心深埋的种子
却开始展露芳容

不知道是什么种子
不知道是在何时
被我不经意遗落在土壤中了
泉从晨露中来
敲开了这无名种子的久闭之门

重　逢

桃花又开
舞来的却不是从前那蝶
春溪重流
游弋的也不是以往那鱼

我们不经意的遇见
不过是又一次重逢
那初时的一见钟情
早随时光洪流漂走

重逢只是记忆流星的轮回再现
我们必定还会重逢
或许是在明天
或许是在来生

只是，只是那相见的
却定不是此时的你我

有什么理由
让我们错过遇见时的芳华

有什么理由
让我们再次躲开那电光石火的幸运闪现
我们就活在当下
何须把生命寄托明天

我无法回答

你若问我
今生何往
我无法回答
就像无法回答：我生何来

我坐在生命的列车上
列车仿佛静止了
在奔驰的，好像是时光
与被时光搅作一团的世界

我不知飘走的是我的月亮
还是那一朵变化莫测的浮云
属于我的时间
何曾转动过分秒

独自一个人

我独自坐在黑暗的角落里
人们说，世界很大
大到不可思量
可我的世界很小
只在两立方米的范围内
即可触摸

世界在哪
我摸到了棱角
摸到了刺，摸到了凹和凸
也摸到了地平线
同时还摸到了虚无

我想，这就是世界的轮廓
我肉身内住着一位神
她常常去周游世界
而后又返回这具只在两立方米内腾挪的躯壳

我的世界只有两立方米
但我的神
她拥有无限宽阔
无限美好的整个世界

朝　露

我的朝露跳到你的绿瓣上
被你掸落到土壤中
你还没准备好怀抱
突如其来的纯真馈赠便已坠落

我知道
这不是你的拒绝
所以我还会重来
不会因为破碎而终止

重来时
我将悄无声息
沿着你的梦，徐徐舒开那爱巢
把你窝在我水雾缭绕的羽翼里边

你醒时
将沾满我的珠露
那无瑕的爱的结晶

我枯槁着从寒冬来

我枯槁着从寒冬来
入席你春天的欢宴
只差一朵花的柬帖

我在黑夜里踩着路
赴你的光之殿堂
只需一缕曦光的牵引

只要你睁眼看向我
我就会出现在你眼前
我的萤火也将汇入你眼中的璀璨星河

一点点
我的灵魂只要再增加一点点高度
就可到达你脱凡出尘的境界

一湖水和一座山

每个人怀里
都应藏有一湖水
人活一世
只为了让这湖水清澈如镜

每个人脚底
都要耸着一座山
人攀了一辈子
只是为了寻找和登上这座山的顶峰

爱的指向

蜂没有独爱的花朵
因为，它爱的是花中蜜
看看
它从来不往无蜜的花中赶

我也没有独爱的人
因为，我爱的是人的好
看看
我何曾往不好的人边上靠

光和爱

太阳一旦在空中消逝
再明亮的月光也不能漂白黑夜
融化冻结尘世的冰霜

爱走出了心灵的边界
人生的辉煌不过是图画的颜色
不能溢出人间的芬芳

破晓时分

破晓时分
我好想贴近大地
与蚯蚓一起
聆听种子睡醒了冒芽的声音
那生命的歌唱一定极其美妙啊

必是音量极低极低
低到只能以心来听
听听，听听
蟋蟀都敲起了欢乐的小鼓
虫蚁都哼出了唧唧如泉的和声

土壤中冒起的一定不是窸窸窣窣的晨风
那必是生命的种子在舒喉歌唱
歌声很轻很轻
比不上月光的重量
却像地里有个滚动的太阳
从遥远的虚境轰隆隆赶到

让大地的深处震颤
生命的歌唱无声胜有声
虽然微弱
亦能霹雳出打碎地狱的响雷
吼出推开往生囚门的力量

我的人生

我的人生
是双脚和道路恋爱的过程
我乃大地的情人

而我又是天空的爱人
因为我的双臂
每天都要去搂抱希望的星辰

再度相逢

世上曾有个她
只要遇着
我就怒放心花

如今再度相逢
她已失去了那
令我芬芳的魔法

我当初的朝阳那么美丽温暖
而现在的我
徒剩深藏光芒的双眼

调色板空置，布着尘埃
那芳华的生命的色彩
早已没了个干净

这讨厌的生活

这讨厌的生活
从不装扮成我喜欢的样子来相迎
恼人的时光
不经我同意就匆匆带走了一切的美好

这该死的双臂
长癣，长伤疤
就是不长能飞翔的羽毛

想抚摸一下阳光
好像这样，就能生出富贵
让梦想开花
遗憾的是，手刚伸出
就看见仙人掌围拢在身旁

手臂拍打，拍打
最后羽毛没有拍出
倒拍裂了仅剩的骨头

双脚又能做什么
都套着无形的镣锁
一步难逃一秒的时间

此生梦想太多
点点滴滴躲着与你捉迷藏
露一露影，双手一抓
好像抓向清风抓不着

有人苦笑着咀嚼生活的蜜甜
有人流着泪倾听心灵唱颂歌
有人捂紧耳朵，为了隔绝恼人的钟声
还有人干脆埋进虚无的床榻

噢，不要让思想的镜子积满尘埃
且以乐观的泉水洗涮出生命的无瑕
双手没有魔法
掏不出心中的梦幻
却能在劳动中
抚摸出幸福在人间的体积

品味过了人生的甜酸苦辣
才会明白活着的极大荣幸

灵魂需要一点一点地探身
才能让生命的华光一寸寸地照见

经过的今天的风雨
也是明天怀念的美好
那个浑身淤泥汗渍的曾经
正是现在光亮芬芳的雏形

打开心灵的门

且让睡眠的花苞把我的心灵紧裹
懒得去看一眼这索然无味的生活

别来烦我
赶着欢乐的羊群路过的人
别来烦我
打着思想的灯笼寻找金矿的人

都说别来，别来
匆忙往来的过客
但你以诗歌和音乐为翼的天使还是来到

天使
你一下就打开了我心灵的门
把这废弃的心情点化成了溢芳的蜂巢

时光的河流

时光的河流缓缓而去
你在岸边，垂钓

半个世纪了
你没有钓起期盼的未来

而你却说，足够美丽了
那波光中泛上来的梦幻

心灵寓所

我给心灵寻找寓所
携带了许多钥匙
却没有发现一扇能开锁的门

于是，我丢弃了钥匙
在脚步所及之地
给心灵造了间寓所

我让心搬进新居
才发现这是一所监狱
这所监狱叫作思想

我要在这里努力生长
长出藤蔓
才能绿化生命的荒芜
迎来自由的春天

脚　链

双脚生来只能走自己的路
当双脚侵占了别人的道路
阻碍了别人的前进
脚链便诞生了

铁轨是火车的脚链
它让火车安分地走在自己的道路上
锁是欲望的脚链
在有锁的宝库门前
欲望便打道回府

脚链如果不是在你越界时铸成
那必定是邪恶的象征
请你果决地把它捣毁
否则它将拴住你的脚步
锁住你的灵魂
不让你推开你所向往世界的大门

辑三·青春的花期

人世间

我提着用善意编织的花篮
辗转在人世间
却没有采到怀着好意的花朵
我挂着甜蜜的微笑
坦露出虔诚而真挚的心
继续走在这荒野

走着走着
我渐渐地听见了鸟鸣
闻着了芳香
我看到那用善意编织的花篮
已不知不觉开满了鲜花

其实
春天从没有远离
只要把向善的心门打开
春天便会来临
光明也不会遗弃
任何一双明亮的眼睛

心灵的向往

为什么人人爱泉水的叮咚
夜莺的歌唱
却希望寒鸦永远噤声
因为
每一颗心灵
都向往美好

为什么听着亲人的叮咛
如沐甘霖
而面对世人随意的唾骂
却如芒刺背
因为
所有的心灵
都渴望被爱

每一颗生命的尘埃
朝阳升起时都焕发出独有的光彩
裹满雪花的灵魂
在爱火中能融化出自己的春天

尘世乐曲

尘世间飘荡着一首乐曲
乐曲里有升起的明媚的朝阳
有展开如彩虹的翅翼
有自然万象中翩翩起舞的风
有真挚盛开的爱的花朵
有以美好编织而成的世间
有世间所有生命的期待
而我此刻
正是这曲中一个宁静如月光的音符

时光无声消逝

时光无声消逝，一天天过去
我却一直没有跨过自己的门槛
从脚下的大地
到够得上天空的果实的距离

也许，只在一步之遥
也许，这没跨出的一步
正是蛹在茧中长出翅膀的过程

五彩缤纷的春天
风花雪月的世界
大概就在那扇推开的门后面
就在跨过门槛的另一边

月　光

你的月光只是路过我的夜晚
我的泥足便深陷在这夜里
仰望时
那圣洁的光芒已不再

再沉重的夜
也拖不住我上升的灵魂
拖不住我追踪消逝的光
你神圣的光
路过时已摄走了我的魂

请接受一颗春天的心

是啊，我的花朵还没绽放
果实还在花苞生长的路上
但我确曾青翠过了
在春天里
我已悄悄地来过

此刻的我就是草
就是那漫无边际的绿
但请不要蔑视我的渺小
有哪一朵花不是从青翠的道路而来呢
有哪一颗果实不经历青翠就可以成熟呢

缺少了绿色的时光
又怎么还会是春天呢
请接受我奉献的渺小的绿意
和这颗还是春天的心吧

漫长的等待

曾经你风情万种
就在眼前
而我却在莫名地等待
直到冰结出透明的墙
阻隔住你眼神蔓延而来的火焰

当时光锤碎了这面墙
当我的情意像群蜂拥出心窝
飞扑向你
却发现你燃烧的花朵已经枯萎

等待，等待，漫长的等待
天也荒了
地亦老了
熊熊的爱火
会在等待中熄灭

等待
会消弭所有的芬芳
期待
会在等待中绝望

如果爱可以播种
我愿意用生命剩余的甘泉
去使这种子再次吐出新绿
如果逝去的爱可以追赶
我会倾尽所有的力量
奔往你踪影消失的方向

然而
青春不会重来
灰烬也不会再次闪出火花
芳华不再
纵然枯溪再次涨满春水
也不会等来流逝的花瓣重新结苞

大地何其不通情理
春天不会为谁等待一分一秒
天空又多么冷漠残酷
这透明的墙
阻隔了有情人想要揽下的月亮

诗　句

我不敢向你展示写下的诗句
因为
在这些乱蓬蓬的杂芜里
没有长出使你心满芬芳的玫瑰

杂芜里莹莹的翠绿
尚泛着你撒下的阳光
却不知为何
这块阴寒之地
不向你吐露爱的芳香

我想给诗以火焰
融化冰
我想给诗以血肉
让诗有人间的疼痛

我想给诗以闪电
使你灵魂战栗
我想给诗以生命
使诗与你灵犀相通
使你感觉到炽热而真诚的爱

我已无力奔向你

我已无力奔向你
虽然我的躯壳包含着翠绿
也含着力量的闪电
但这些都不足以让春天立足于大地
生命的芳华没有磁力的吸引
岂能闪烁在光阴的虚空里

我已无力奔向你
我的思想还在拼命地挣扎
可这锈迹斑斑的躯体
却裹上了沉重的抖不开的废铠甲
又有哪一双翅膀的羽翼，托得住
沉重如山的时光的消逝

我已无力奔向你
纵然你是昨日的向往、明天的美好
而今天却是悬空而晃的期待
往两头看
都是索桥的茫茫无端

你是流水，我的山石
却没有液态的脚步奔向你
你是火焰，花朵向上
而我的灰烬
最终将落定在尘土里

你永远向上
而我总被无情地扯落
你的风已过
而我的树的翅膀却留在枝上
我的花朵，正在枯萎凋谢
它正在落下的花瓣
不能与它弥漫的芳香同往

分明你就在眼前

分明你就在眼前
可我伸手一挽
你却在千里之外
不能说我不够努力追赶
因为我双脚已经踏出所有的力量

或许是你太遥远
眼前的只是你的海市蜃楼
可又为何
分明这心里有你的芬芳
红尘中所有的乐曲
都盖不住你动听的声音

难道，我就是那风
永远也捉不住你的一朵飞花
难道，我就是那云
永远也挽不住你穿梭的明月

我需要你

我眼中晴空万里
心里却层云密布
葡萄架上雀鸟啁啾
而我却电闪雷鸣

这是为什么
一花一草，一石一木
都欢跃出曲音
为什么我的心跳不出曼妙的旋律

尘世几多风雨
而我此刻只须安宁
我需要你啊
需要你的阳光

只有你出现了
我才能灿烂出本来的色彩
你照射的温度恰适宜安眠
我葵花般追随着你
才能甜蜜地心怀籽粒

我已被你迷倒

春光柔美，你漫步而来
我收起眼角余光
显得一切如常
我尽力淡定适然
不让心曲偏离琴弦

多像蜘蛛在花丛中织网
试图罩住花朵的芬芳
多像团团的烟雾突兀地缭绕
想要裹住喷涌的月光

多像天空中飘荡的无主的云朵
转过身想要躲避吻来的朝阳
多像烦恼的蚁群在忙碌地构巢
妄想堵截波动的快乐的源泉

我一切的刻意都是徒劳
你步子的节拍指挥着我的心跳

这可怜的俘虏
已为你倾醉久矣，久矣
这个失了魂落了魄的人
早已被你迷倒

奉　献

春天里
风吹来的时候
叶子簌簌作响
花朵静默不语
而风正在歌唱的
是花香

秋来了
果实安分地置身花朵之后
待花酣睡了
才奉献出佳酿

土壤对根说
你总是默默躲在我内心的角落
贡献一次又一次的盛宴

根回答
我只是将你的珍馐

一样一样捧托而出
我只是把你的富有
不吝地献予尘世

叶子是在枯黄后飘落天空的
根对落叶说
记录花果芳华的光
是你迎接来的
你见证了花果的春秋
你也是尘世风景里不可缺少的色彩

我的思想

我的思想为何如此沉重
却还在飞翔
因为它看见了你的踪影
生命所有的跋涉
源于对你的追寻

我想在见你之前
把灵魂装扮得美轮美奂
然而现实中
着衣裳的却是肉体

请不要嫌弃这锈迹斑斑的灵魂
它会因你而焕发光彩
我将卸下一身腐朽的躯壳
为你，为你

有一天
我会纯粹无邪地光临
为你，为你

你为什么去得如此匆匆

你为什么去得如此匆匆呢
我想挽住你
只是想舒瓣之时
花香能够借你的一缕春风飘远

只是想诉出心里的沙尘
让倾听的你渐渐看清
我积压在生命岩层里的甘泉
我向着天空诉说
一阵风吹散了我的话语

大雁依旧南飞
我朝着大海呼喊
涛浪淹没了我的声音
船帆不停向前

你坐在我面前
我以为你在倾听

然而
风只是把我的心曲从你左耳
吹进右耳再吹出

你只是坐在我的树下
稍作休憩
掸一掸时光的风尘
你不是为了倾听我而坐下
你没有等到果熟就已远去

你为什么去得如此匆匆呢
一路上我献出繁花
你却不为花香停留
我心里的歌追寻着你
而你抱起琴
带走了乐曲

我只是想倾诉
告诉你
告诉眼前的苍茫
这里也是一片宜人的风景

我的心

当你的足音轻轻靠近
我的心，把它含羞草般的叶瓣渐渐合拢
我的心，它羞于无花
羞于不能成为你手中喷香的玫瑰

啊，我的心沉醉在春天里
为何竟不能舒瓣吐芳
我的心原是君临天下的无冕帝王
为何成了你身前匍匐的臣民

心啊，明明在暗里爱意无限
为何不敢吐露真情
假若失去会受尽痛苦煎熬
为何不披肝沥胆无畏地去追求

在人潮中

在人潮中
我总是被挤在边上走
虽然我也曾踏出浪花
但还是被推在了沙滩上

如果我的荧光
不能在海面闪烁
那就让我干净地
被淘在沙滩的珠贝旁边
等待捡拾吧

就让我的光
在沙砾中射出它
最刺的芒吧

一盏灯

你留下一盏灯
便不辞而别了
我把灯提在身前
走过了生活的茫茫长夜

有一天
我站在自己的繁华里
往身后看
发现空无一人

我只顾着走自己的路
却把旁人遗忘了
我把灯光挡在身前
不知何时
再无人随行

啊，原来
你不是要把灯留给我
你把灯留下来
只是要我成为一个掌灯人
你只是要我在夜里照亮道路的时候
莫忘了给身后的世界留下黎明

对你的思念

对你的思念
犹如突兀而来的风
吹散了无眠之夜的浮云
我的心
腾出来一片天空
以容纳来自你的白月光

你来了
夜不见花
而心芬芳
你宛在
幽梦无翼
而弦有韵
有了念
千里一瞬间
梦里咫尺见

这颗浊心
似睡犹醒
浑噩飘忽于尘世间
你来
一抹芳菲现

听　说

听说你在某座城市
在城市的风雨里生活如蜜
某天我从迷雾中醒来
决定去那传说中把你寻觅

去城市的路崎岖颠簸
而我却在途中弹奏出乐曲
因为你在我心里回眸顾盼
撩响了我尘封的心弦

等我来到繁华的城市
而你却已不在灯红酒绿里
我们都是城市的过客
留下脚印却不见了踪影

啊，城市属于有梦的人
而我们有梦却不属于城市
为何我们的梦总在飞翔
掠过城市的天空又奔向下一个远方

就让我伴随着你吧

就让我伴随着你吧
所有的光芒都给你
我愿是你的影
永随着你，足矣

你若带着日月星辰上了云霄
我也会躺成湖泊
把你深深拥在怀里
永不会离开你

你到来时

当我走在道路上的时候
你的树荫遮挡在我的头顶
当我在夜里哭泣的时候
你的月光洒落在我身上
当我的殿堂寂寥无人的时候
你第一个踩进我的心房

我闭上眼
全世界都是你的星辰
我睁开眼
满眼都是你的世界
你是我的花草、河流、森林与田野的春天

我生命色彩的神话
由你或明或暗的阳光书写
这一屋子的懦弱、孤独、失落、忧郁、哀愁
还有绝望

人生的魑魅魍魉的聚会
只有在你到来时才会散场
你到来时
我才确信自己在人间

远　方

你说，你要飞向远方
在那森林的树梢上搭巢
你向着远方的森林飞去
越过了我这绵延的荒山

你可知，远方的繁华缥缈
而我山石里的矿藏只待你开采
你为何甘做远方繁华处的宾客
却不愿做荒山里开采财富的主人

窝在树梢上飘摇无定
你却往远处觅
而我这风雨无恙深含矿藏的山石
何尝不是他人越过万水来寻的远方

一路东来

一路东来，漫漫路途
我在云朵里
红霞满天时
却日暮西山
就让我趁着这最后的余晖
再送你一程吧
再送你一程
愿此生不负

夜幕渐垂
你是我今生的观众吗
我磊落光明
身心皆空
你是否会因为我从不遮掩
而看不见透明的我

你是否明白
我的故事百转千回

其实你才是眼泪和欢笑交织的主角
我一生都在把你追寻
在这霞光中
我也该放下一片风景了

我或许自始都是你的过客
而你却至终是深藏在我心中的爱人
即使我再不能往前了
也要让最后的余晖追上你
伴随在你身旁
在光里
在夜里
在风尘里

你来了

你来了
你的声音使我心中蜂巢中的万千翅翼欢欣起舞
你可能只带来了一缕光
然而
我深水里的寒冰
却因你的到来而无端地融化

你也许平凡如明光
可是
你若离去
所有的色彩都会从我的眼里消逝

你也许平凡如空气
可是
你若离去
我那生命的花蕾必定即刻萎谢

你来时
人世在时间的嘀嗒中一片欢歌
你去时
无论多么美丽的灵魂都会腐朽

只要有你

即使我的生活结了冰
你依旧在我温暖的心湖深处游弋
只因我心中有你
寒冷便不能冷却我这生命的温度

在我的夜里
天空始终闪烁着你的明月和繁星
只要尘世中有你
黑暗岂能吞噬我的世界

我的人生或许苍白如幕布
可是
只要有你映出的一束光
幕布中即刻上演可歌可泣的故事

光阴里

我有时端坐在光阴里
却不知思绪已延伸到你的世界
世人匆忙而过
从我春天的窗口中瞥见了你的模样

我散开了绿叶
你的雨露就悄然滴落
我打开了心门
你的清风就阵阵袭来
我在心镜上端详
才知你无处不在

你的来和去

当你从东方来
我面向你
心里就升起朝阳
当你向西方去
背朝着我
心空于是就见落日

那红日就在生活的波涛上
你的来和去
就是我的朝与夕

在等候中错过相逢

你走进我孤寂的心房
点着了灯
而后又离去了
我守着灯火
度过了无数个黑夜

我也在房里错过了一个个黎明
我怕门外的风吹熄了灯火
你返回时找不到我的心
我怕迎接了黎明
而又错过了你的归来

岂知，你一直在房门外
等着我走出黑夜
岂知，我走进黎明
也就到了你的身边

夜晚有你的时刻

夜晚有你的时刻
月光才充满诗意
被吹过千万年的风
经过你身旁时
才散发出了芳香

我不知人间怎样形成
只知你的离去
会让天空中所有的星辰消失
我固执地相信
苍天给了我眼睛
是为了让我把你找寻

我固执地相信
苍天给了我生命
是要让我来留住你的灵魂

爱的挽歌

我心中的诗醉倒了
不能追上离弦而去的乐曲
我的霞光远在天边
不能让风穿上云彩的衣裳
我挽不住你
就像嘀嗒的秒针挽不住时间

我想让尚有余温的文字在你眼前吐芳
它们却开出荆棘
挡住通往你心里的道路
我伸手一抓
花朵都从指尖逃脱
我只捉住笔画的残枝剩叶

屈服的枝叶，摆成雁阵
在纸张的空白处飞向你
飞向你
听听，听听那一阵阵嘶鸣的雁叫
就是我心中呼唤你的歌

我不愿醒来

有时
我在睡意蒙眬中
感觉到你在凝视着我
你凝视着我
给我以夏夜繁星下风泊港湾的宁静

春天没有来
而花朵的芬芳
都在你的气息中弥漫
我不愿醒来
想让梦盖住我的余生
因为醒的世界里
风光里尽是尘埃

仿佛在梦中我才活着
因为
我醒来而你却不在身边

重　生

我曾以为自己饱含雨水
在旱了半生后才发现
自己只不过是一朵飘荡的浮云
过于稀薄

我只在你的照耀下投射过一些光彩
而这光彩无翼
不可使我成为永生的凤凰
我成为风景的时间已经太久
太久

就用你的阳光把我蒸发了吧
就用你荡了几千年的风把我吹散了吧
既然我不是天空中被翘首以盼的流泉
那就让我降落大地吧
让我在晨露中重生

我羞于向你呈献

我羞于向你呈献我的晨露
我的花朵
乃至我的春天
我刚从尘埃中来
经历过人间的烟火

或许我体会的生活的滋味
是你绝尘而去的缘由
或许我追寻的梦里的繁华
亦非你期待和青睐的蓬莱仙境

我羞于向你呈献我的日和夜
即使其中的日月星辰，苍生可见
我惧怕你是一面镜子
我怕在你面前照见陌生的自己

我的勇气怯怯
如暖流上的薄冰
经不起一触的瓦解
我唯一可以呈给你的
是我的灵魂
因为只有它
干净得一尘不染

我仿佛是来自你的召唤

为什么风总往高处攀
因为越往高处
风的歌声也愈加嘹亮
为什么水总往低处流
因为低处
都敞开了迎接的怀抱
水还没到达大海
就已在大地上找到了归宿

为什么我总是对你依恋不舍
我却不知这当中莫名的缘由
我心灵深处有支歌
像浩渺虚空里的一抹鸿影
一直追寻你
今生
我仿佛是来自你的召唤

我的心随你去了

花在芬芳地开
人在幸福地笑
而我
却像一把无弦的琴
丧失了世间的音调

我默默无言
如一缕春光
在万花丛中一晃而过
我的叶片向天空张开了渴望
春天仿佛一滴露
从上面无声滑落
燕来留踪影
春在了无痕

我在寻找
寻找我的心
我把心丢失了

当你从我身边路过的时候
心若不在
春天怎会美好
我的心随你去了
滚滚红尘中的一切
都成了可忽略的风景

我又跋涉到了你的跟前

告别了
一再挽留
途经了崎岖漫长的道路
我又跋涉到了你的跟前
你就在那山上
那曾经让我仰视的地方

让我回头再望你一眼
道一声珍重
别了
我一往无前
去更广阔的原野

想我时
就眺望远方那茫茫的雾霭
我始终在你柔情的视野里
无论我身处何方
我都会怀揣着彩虹和云朵
环绕在你绵延的山峰间

我的春天姗姗来迟

你遥遥召唤的时候
我走出了幽闺
在枝头上挂满了明晃晃的灯盏
不去理会雪日的凄寒
只顾给你交出燃烧的热火

别人的秋天早已过去
而我的春天姗姗来迟
这不适宜奉献的时日
恰是我芬芳的季节
只在有你的岁月里
我才将芳菲倾献

我的内心花园

我已从风尘中归来
路人
请你绕我而行
不要叨扰我的心

我的心
此刻正陶醉在它的小花园里
就把世界
隔在我的心门之外吧

我也曾奔往前程
人生过半
才知道
美好的远方永无终点

未来像个谜
最初出发之时

人生美妙的乐章还没奏起
我的心已经到了乐曲飘荡不到的地方

现在
我已归来
聆听的已是袅袅余音
出发时的开始
何尝不是归来时的结束

我内心的小花园
始终还在
就把归来的我
隔在我的心门之内吧
隔在只属于我内心的美妙的小花园里吧

我意气风发地赶来了

我意气风发地赶来了
我以为大地的花朵都会为之摇荡、吐芳
可是，没有谁在意我的去来
我并非世人期待的那一缕春风啊

我敞开了我宫殿的大门
而行人却惶惶避去
虽然我戴起了不可一世的皇冠
却不是受人膜拜的王

不如归去
把阳光都挡在山下吧
这样也能留下我如山的背影
把我白日的姿彩都用梦装起来吧
留给需要给梦装扮的人

来，握住我的手

你和我
各自走着
走在寒冬的路上
我心里燃着火
只是
火苗被漫天的雪花压制着

来，把你的手给我
我们手握着手
我胸中的暖就能传到你的心里
来，握住我的手
难道，你不觉得吗

孤独
是最寒冷的冬天
伴侣
是最温暖的火焰

我忽然停了下来

我忽然停了下来
既然不知为何前行
为何还去踏遍荆棘
看人来人往
又有多少人朝着梦的方向

与其当生活的傀儡
不如成为一段美好时光的主人
停下来吧
青春吐着最后一波繁花
花期短暂
一去不再啊

思想有着迷人的芬芳
这芬芳不随过客去
只留踏春人啊
生命从来不在忙碌中璀璨
看
明媚的春光都是姗姗而来

高处与低处

我曾认为
越往高处
会越温暖
因为
高处总比低处更接近阳光

而我登上山峰之巅
却感到寒风彻骨
为何越高的地方
却有着更厚的冰雪

当我一阶阶向下走近人群
才发现冰海之下
有温水游鱼
大地深处
热腾腾
原来

天空之上有冰雪
而大地之渊藏艳阳
在生命匍匐的地方
有着使壳破开
让芽钻土的力量和温度

你的微笑

你欲言又止
对着我微微地笑
我觉得
所有语言的魅力
都在这笑里藏着
这微笑里的春天
孕着刻骨铭心的芬芳
弥漫了我半生

啊
我不知道，不知道你的微笑
是否含着独一无二的蜜
为什么我每次忆起
心中都感到莫名的甜

你渐行渐远
仍对着我微微地笑
当你影踪不见
唯有这微笑仿佛还在眼前
依旧散发着迷人的芬芳

爱的芬芳

我缓缓打开自己
像蓓蕾在春天里一点点舒展花瓣
我张开了口
以为诉说出了最美丽的语言

然而，我哑了
我尝到的生活的甜蜜
只有我自己明白
我心里所有的芳香
都由我的双唇紧紧封闭

或许
你在我的微笑里看见了无忧
或许
你在我的眼神里看见了幸福

但是

那与生俱来的痛苦

我会深藏在生命的土壤里

绝不让它在风尘中呈现

爱是这样的迷人芬芳

何念那恨的模样

一帘幽梦

这玫瑰般的朝阳
照耀着你
不正是你所企求的吗
为何从你的深谷处飘来羞涩的云朵
把它遮掩

你在幽闺的窗口远眺春色
跳动的春心在青鸟的歌声中打着拍子
你期待着室中的桃花香气弥漫
而此刻
我作为春的使者
来到你的房前
你竟怯于开门

你将错过迷人的期待
如果你不勇于走出幽闺
春天也将带走它的繁花
和你的渴望
而我也将无声无息地离去
仿佛从没来过

我来到你身边

我逐渐宁静
思想的轻舟荡着我飘向你
寂寞
原来在你的迎接中
也能芬芳成花朵
孤独
也变得和蔼可亲
温馨如怀抱

是的
靠近你
是你世界里的云烟
让我不见地狱
那些生离或死别
我痛过
那痛
后来结成了疤
我哭过

那泪
不过是漫长人生中的阵雨

我生命的小草
在你这长成了大树
红尘中我疲于奔命
到你这
才幻化成风

我与你同行
俄顷间
我又再生一次
或许
世人在寻我时
见到的
却是你的背影

为你，我愿意

我愿是你脚底下的泥尘
只要你仍踏步前行
我愿是你破碎的迎头浪花
只要你仍挂帆远航

把我繁茂的空中云朵劈落吧
如果这是你对大地的渴望
我愿意放弃那美丽的梦想
只要你能面对残酷的现实

把我所有的希望都给破灭了吧
如果这样能够使你不再绝望
我愿为你敞开一切往生的门
只请你不要推开那扇死亡之窗

我跋涉了半生

我跋涉了半生
却怎么也到达不了双眼望见的远方
我以为自己看破了红尘
却始终看不到人世的另一端

我一次次地编织自我
以为完美会如期到来
思想却冲破了我的囚笼
绕到世界的背面
在那茫茫未知处飞翔

我一点一滴地流失了
最后却在大海的浪花里找到了自己
我从来以为“一”就是渺小
而你却说，这就是无限
我从来以为“此时”就是瞬间
而你却说
这就是永恒

琴无弦，也当欢歌

我这半生过得丛生荆棘
荆棘有刺
其间隙开出过花朵
曾有大鹏在这里展翅
如今却只有麻雀在此造窝

我无法从天空滤出蔚蓝
把美梦孕育在这荒丛
乱石间
确曾渗出过清泉
泉流何方
看那大海的波涛

我也曾怨这生活的幽谷
然而
当春光再次光临
带来鸟语花香

我仍会伸展出嫩嫩的枝条
以示欢迎

再寂寞的荒芜
也不应缺少绿意
人生之琴无弦
也当对影欢歌

爱的源泉无私

道旁静静开放的花朵
不会对某个路人锁住芳香
阳光从无路的天空洒下
不会只照着某个方向

容纳所有根须的土壤
不会只满足某颗种子的需要
无私的爱的源泉
流经尘世所有生命之樽

彼岸的港湾

你说我走的是路
我却说我渡的是船
船是漂泊的路
你看
那远处缥缥缈缈
似乎有澎湃的浪涛
远方那端
定然有岸

想那岸上
定有可以卸下行装的寓所
对岸和这里
不知是否连着同一个尘世
今生的跋涉
或许只在囿于一个港湾

我在你的园子里停了下来

我不知道为何会来到你的园子
我顺着春风吹过的道路
不知不觉就停了下来
可能春天在你这园子里安居了

那花红柳绿的栅栏
阻住了我的去向
放心吧
我会悄无声息地来和去

我不会采走你的玫瑰
甚至不会惊落叶瓣上安睡的朝露
紊乱却静静思索的晨雾
在你迎接春神的盛宴上

我不会成为不速之客
我只想静静地站在不起眼的角落里
缓缓松开疲惫的灵魂

当我走时
我会遗下幸福的种子
让这种子有一天成为你笑得甜蜜的缘由
你会知道我曾因你幸福地来过
并无悔于生

我的人生，请由我自己来谢幕

我的夕阳，还可以染红一片天
就像我的朝阳初升时
然而，却不知哪来的雾霭
团团把我裹进了山里

美丽的河山，还铺展在我胸中
请求你再给我一束光
再赐我一股力量
把胸中的影像继续放映

我可以没有观众
但我这一生
必须有声有色完满上演
我的人生
请由我自己来谢幕

请给我你的光和露

你的光，或许如萤火
但是，我不会嫌弃这光的微弱
把这光赐予我吧
在我心灵深处的黑暗里
这萤火的光，能飞升成破晓的朝阳
足以把我的梦照亮
使我的心澄如明镜

你的一滴露，或许很渺小
但是，我不会嫌弃这露水的稀少
把这露水赐予我吧
让它滴落在我坚硬的甲胄上
敲破我的前生
使我再度萌发生命的春芽

请启开你紧闭的眼睛
我那生命的门和窗
这门和窗没有美丽的装饰品
它们有闩和锁
关着我的整个世界

在生活的深渊中

我掉进生活的深渊中
挣扎着唤你
而你却自顾离去了
你说
我不需要你拯救

你说
人如果需要拯救
就不会长出手脚
不会拥有使人之所以高贵于众生的思想

你说
只有失去灵魂的人才需要拯救
生活的深渊
不是灵魂堕落的理由

放弃了
就不会去挣扎

只要还在挣扎
就必定怀着希望

挣扎的力量
来自自救的意志
你说
我不需要拯救
你自顾离去了

你的名字

旧书页上，有你的名字
那一笔一画，已不再鲜艳
却仿佛仍会脱落含香的花粉
引得蝴蝶从旧时光里翩回

多么甜蜜的时刻，写你名字时
哪曾料心被戳得千疮百孔
麻木了，伤结了疤
如今品来莫名酸楚

那最初的爱恋多么炽烈
也都随时光黯然消逝
青春时期的佳酿
终会被淡却了芳醇

当你从我跟前走过

人间有哭有笑有歌
而我听不见这些声音

当你从我跟前悄悄地走过
我心中却乍然响起惊雷

我的湖面平静
湖底的鱼儿嬉戏

千帆过尽，浪花儿不荡
旋涡却起自你回眸的一瞥

我是你的春天

你怎么能看见我的美丽
当你眼中的黑暗包裹住我身上的白昼
你怎么能感受到我的芬芳
当你的蝴蝶被封茧在心中

我比六月夏阳还热的爱火
当然也烫不到你
当偏见的千年冰层
还堆积在你的心门

你说我是你迷途上的荒漠
你不知只要你耐心去挖
这片荒漠就能发现宝石
你不知只要你乐意去种植
这片荒漠就能变成绿洲

我就是你生命中的春天啊
可你为何

还不释放你的鸟
盛开你的花
闪耀你夺目的光彩
展现你那充满生机包罗万象的季节

辑四 · 人生的思与悟

生　机

播下的种子
会发芽、抽枝、开花、结果
然而
也有不发芽的种子、不结果的花朵

难道，因为有不结果的花朵
就要把花朵都捋碎吗
因为有不发芽的种子
就不再去撒播种子了吗

心里深扎善根
人生的枝头便不会缀挂恶果
善是播福的种子
无须忧心花枝不梳你的春风
无须忧心你的甘露滋润不了枯苗
无须忧心你的土壤裹不暖被冻伤的胚芽
德，必毓生机

只要足够努力

只要足够努力
阳光迟早会穿过厚厚的云层照耀你
只要不辍地耕耘
贫瘠的土地终会肥沃，催生绿意

只要你一直追随春天的脚步
它又怎会不降临你的大地
狂风刮落了绿叶繁花、累累硕果
但是
只要枝干仍在，就还能期盼璀璨的未来

寒霜泯灭了叶片上的绿色
灭不了根茎中的坚守
就算所有的人都离开了你
整个社会都抛弃了你
只要你没有遗弃自己
在心的最深处珍藏着你的太阳

你的天空、你的大地
你的山岭、你的海洋
那么，你本身就是无限
你本身就是一个美丽富饶的世界

拥有钢铁般意志的人
不管他多么钝拙
只要磨得久了
也必定能磨出他的光亮和锋刃
断了的枝丫只要筋尚连
顺着歪缺的长势
亦能派生一番风景

一个人，不管受到了什么挫折
只要雄心仍在
随着生活中的机缘顺势发展
也必定可以有所作为

不幸陷入泥潭的时候

不幸陷入泥潭的时候
不要丧失生的信念
要在污浊的淤泥中
催生出洁净无瑕的花瓣
不幸被夹在岩罅的时候
不要丧失生的意志
即使扭折钢腰
也要傲然地生长出风的形状

不要在苦难的面前
钻进用忧郁悲愁结成的茧中
这种茧
是埋葬人生的坟墓
绝非孕育新生的摇篮
不要藏起自己而去做别人的影子
走在别人后面
就不会看见前方的道路

不要幽禁春天

不要幽禁春天
不要将柔情搓成捆人的绳索
不要将刚硬铸成捅人的屠具
不要导演世人的唾骂去吹奏你的凯歌
不要挥动尚方宝剑去砍伐真理之树

不要把刺痛你的蒺藜抖落在别人的脚底
不要往别人的蓝天喷吐你污秽的气息
要把别处的阳光引进你幽暗的房里
要把别人的春天悄悄地移植到你的寒冬
孕育在你枯树的根中
让它在温暖中发芽

不要把每一堵墙都封闭
要凿设可以瞭望世界的窗口
敞开幽暗的心房去迎纳幸福的阳光
把攥着的拳头都松开
让所有的手都紧握

团结成一体
让天下人都在同一座庭院里共欢

不要因为寒冷而去纵火
不要因为饥渴而饮毒鸩
照片上的色彩，会被时光抹褪
而真情厚谊也不能留存吗
不
琴声和笛音消逝了，曲谱尚在
曲谱中的音符永生在万象

天下是一家

要像尊敬自己的父母一样
去尊敬他人的父母
要像教导自己的孩子一样
去教导他人的孩子
要像关爱自己的兄弟姐妹一样
去关爱他人的兄弟姐妹

别让不同的肤色
来使我们兄弟姐妹陌生
别让不同的语言
来将我们兄弟姐妹隔绝
喝的同样是清澈的泉水
呼吸的是共同的空气
体内流淌的是一样鲜红的血液

要切记切记
全人类有着共同的父母——天和地
天下人是一家人

父母的言与爱

没有一种音律
能比慈母的叮咛更悦耳动听
没有一座山
能比慈父的肩膀更加伟岸

虚空的语言
再华丽也孕育不出甜蜜
闪烁着刺芒的真言
比甘霖更能滋润心灵

真善美

世上最伟大而不朽的建筑物
叫作人
这座建筑物最原始的材料
是真，是善，是美

思想如太阳
在如浩渺长空的岁月中舒放光的花朵
真理的果实
垂在思想绿叶的婆娑里

彩虹的美丽
来自阳光
而人的美丽
焕发自坦诚率真的心性

真善美是三位一体的无冕帝王
不住殿堂
不握权杖

人生百味

经过艰辛跋涉冲破黑暗的人
才会明白鞋子存在的意义
只有种果树的人
才能品尝出果实香甜的味道
人生树上的百味果
只有真正栽种者
才能品得出个中滋味

生命必经阳光的照耀
才呈缤纷的色彩
围墙可以挡住春天
可以挡住阳光和自由

但是挡不住心灵的歌唱
挡不住爱的无声的召唤
挡不住思想的萌芽
无疑
围墙亦能关住人的黑暗
但却圈不住人的光明

要相信生命里有一座矿山

要相信自己的生命里有一座矿山
而人此生要做的是
挖掘这座矿山
呈出自己的贵与重

驾驶生命列车不要太疾
因为超速很难到达理想的彼方
最好在原野才让自己的烈马奔腾
因为坑洼载不起铁蹄

我把山都挖空了
还是没发现生命深处的矿苗
没有磕出与这具骨头共鸣的声音
锋芒仍在，是我的遗憾
因为
钝拙是收获过的模样

每个人活着

每个人活着
都背负着一袋金沙
陋习、小非小过
是这袋上
不易觉察的小洞

如不留意
与之伴行
等走完人生的路途
就会发现

原来金沙已经漏完
此时背负的
只不过是一个空袋

一种悲哀

人说玫瑰之美人所共见
因而人人赞美
人说天山雪莲之美人所罕见
因而难以考证
这便是天山雪莲的悲哀

正是因为这悲哀
天山雪莲才无与伦比
人世有一种结
被这结困住的人
越是挣扎困得越紧

梦想的云彩

梦想的云彩在空中翻涌
而飘洒在现实土地上
却成零零星星的小雨滴
在金碧辉煌里忧愁
不如在晦暗景况中欢乐

当登上流云飘飘的高处
往下俯瞰茫茫邈邈的人世
会发现，人世中的一切
竟是如同尘埃一般渺小

最美丽的色彩

最美丽的色彩
往往渲染在空白处
最悦耳的音乐
常常律动在无声中

懦夫的心悬着峭壁
勇者的面前没有高山
总是要翻开一幕黑夜
太阳才从黎明中出现
今日的花瓣
已非往昔的蓓蕾

真　诚

真诚必能启开生锈的心锁
一个人
心灵中若是缺了真诚
那就会像塑料的花朵
挥发不出一缕芳香

一个人
当他的心灵之光闪烁的时候
哪怕他静默在清风中
也会流溢出芷兰似的幽香

一个人
当他造就了铮铮傲骨
即使是在人生的寒冬
也必定能像梅花一样绽放

迈向伟岸人生

天亮了还沉浸在梦乡的人
必然看不见绚丽多彩的朝阳
懂得将自己的溪流与他人的江河相汇的人
才能掀起澎湃的浪涛

树木躯干被刳空
却成了载人的船
玉石被千雕万琢
成了精致名贵的玉器
人要伟岸起来
必然也要翻越无数生活的陡坡峭壁

芬芳的源头

人生还有一些事情
比情爱更为重要
何苦翻滚在玫瑰丛中
被刺得浑身血肿

阳光从不吝啬地奉献光芒
映照生命的妩媚
她微笑着在人群里穿梭
笑容迸发出心中的一缕缕阳光
溢出她纯真的温馨

我不认识她的灵魂
只知她是人群里芬芳的源头

馈　赠

你把诗歌馈赠于我
我在你的馈赠里
找到了自己的宫殿

在现实中
我卑微地活着
沿阶走进宫殿
才开始尊贵起来

殿堂无光
但心会辉煌
无论脚步多么沉重
总有欢愉飞翔

那空荡荡的殿堂里
有着无花的芬芳
我从不见梦的容颜
只在这宫殿里

看到梦过去的掠影
我不识得世界的主人
我只知你馈赠于我的诗歌殿堂里
我就是自己的王